我來自冥王星

王明霞

目次

特別收錄

只有生命才能安慰生命

霍建強（Raymond Huo）

一

2010年6月初，在「全球變暖」大背景下的上海世博園。我一身西裝，滿頭大汗夾在七、八個「非常重要的人」（VIP）當中，從一個國家走到另外一個國家，所到之處，保安將排成長龍的隊伍攔腰截斷，我們便半是惶恐半是從容地魚貫而過。三、四個小時參觀了差不多九個展館。過程當中手機一顫，臺北的明霞發來一封電子郵件，讓我替她新出的詩集寫序。這封電子郵件和隨後發來的詩集，將我帶到另外一個世界。

《紅樓夢》借甄士隱解「好了歌」，把現實人生比作暫時寄跡的他鄉，而把超脫塵世的虛幻或理想世界當作人生本源的故鄉。無論他鄉故鄉都是人生必經所在。不在現實的「他鄉」打拼，只一味枉談「故鄉」，似乎失卻現實生活的根基，有點酸腐，人生終究難得究竟。不知從哪裡讀過一段經文：「一切治生產業皆與實相不相違背，」說的就是這種現實人生的歷練。但是只有他鄉沒有故鄉、對「人生本源」一無所覺，這種生活——套句俗話——也未免太俗了。因此，他鄉故鄉實際上是人生的一種平衡、一種把握和修身養性的一個取向。我就是以這種心態來閱讀明霞的詩集，明霞的詩也正是這樣老老實實又認認真真地談天說地，用文字、用意象、用氣息，將我們帶入她用一種詩的張力所營造的世界，去體會她形神互動、思言並行的某些衝動。

二

與通常的次序不同，我是先認識作者再接觸她的作品。好多年以前，在我們共同的朋友胡致華奧克蘭北岸市的家，一桌酒菜，三五好友，明霞席前就座，活潑而輕靈，好像她談了一晚星相，並將大半人用場景描述法戲說了各自的性格。隔了好幾個月，看她編劇的《夜奔》，旁白聽上來透著一絲寒意。這種悲涼，隨夜奔主角從三十年代的中國一直涼到美國。明霞是和王蕙玲聯手編劇的，只是我無論如何，很難將這樣一部「悲涼」大戲的編劇，和那個自稱臺北來的「小女子」聯繫在一起。這是給的第一個小震撼。

接下來的另一個小震撼是臺北傳來的消息，說明霞為了體驗生活，放下手中的筆（用現代語言是放下掌中電腦），到台北餐廳烤雞賣。大記者胡致華在她的一篇文章中說我「喜歡吟詩做詞，高興起來就做一首詩詞送給朋友。」的確，我在聽到這個消息後便寫了兩首——《仿義山》和《心火》。「明爐烤新我，俠膽意相隨。入地紮舊根，上天吐新蕊。」說的就是明霞投筆司爐的事兒。

及至看明霞年初寄來的短片《憂鬱森林》，這位已放棄烤雞而回歸創作本職多時的小女子，入地紮舊根之後，上天吐的不是簡簡單單的新蕊，而是整個一片森林。

電影畫面很乾淨，很明亮，敘述的情節也異乎尋常的簡單，但它引發的思考以及撲面而來的那種對綠意的渴求以及失去綠意而引發出的恐懼，讓人久久揮之不去。這裡探討的已經超出了普通的科技與自然、環境與污染以及文明與回歸這些話題，這裡探討的是關乎人類文明又超出人類文明的命題。我尤其喜歡影片結尾的一段音樂，不知是電子合成還是管弦樂的真實效果，但長笛，單簧管和鋼琴主調的音樂，似乎通透了一種綠意的念力和淡淡一絲悲憫，讓人看完影片想要做點什麼。而更多地，我感到了在畫面、聲音和文字之外，王明霞似乎還有許多東西要說。這時，我們打開這本詩集。

三

美國鄉土詩人羅伯特・弗羅斯託（Robert Frost）給詩下的定義：詩就是「在翻譯中喪失掉的東西」（what gets lost in translation）。如果把「翻譯」這個詞替換成更中性的「詮釋」，讀明霞的詩，似乎感到她想把詮釋中丟掉的東西再凝結起來，經過蒸餾，再釀成一種新的表達方式和作品。

詩四輯，收集了她從1993年到現在的幾十首長短不一的詩。「莫掛串風鈴／就怕那風／喚醒我蟄伏已久底／寂寞。」〈寂寞與盛夏的窗有三說〉似乎欲言又止。這是1993年夏寫的。到了秋天，「今夜，月光溫度恰好／足夠冰鎮一壺／陳年相思」〈消息〉，似乎尺度大了一些，也肯讓「陳年相思」被月光的溫度去冰鎮。到2008年，「有一雙習慣凝視深邃如夜的眼睛／與你長年閃耀灼熱深情底目光／恰好形成太陽系兩極的／強烈對比」〈我來自冥王星〉，視野一下子開闊起來，巡航的藝術天地已脫離了地球引力。從此一發不可收拾。

可能是經她詮釋或是需要詮釋的內容越來越多，「丟失的東西」也相應越來越多，從「殘酷的四月」綻放的〈花季〉（2008），到〈逃生方向〉（2010）和〈如果戰爭不在遠方〉（2010），探討的話題越來越深邃，透著一種與年齡和閱歷不相稱的深刻，似乎永遠在一絲淡淡的憂鬱煩苦中、在紅塵紛擾的現實裡，品嚐和思考詩歌和真實人生的交流與銜接。如果「……戰爭尚未開打／哀鴻已傳遍野八方」〈如果戰爭不在遠方〉傳導的是一種憂患意識，那麼「面對過去，背對未來／思索著不知還在不在的現在」〈逃生方向〉，品讀起來則頗有一種哲人況味。

盞路過的燭火行經最沉底/黑夜，勾勒出光的海市蜃樓」〈逃生方向〉。讀到此處，彷彿看了半天暗色調的電影，突然一聲巨響，天地一下明亮起來！如果此處可以推出字幕——“這就是明霞！”她留給人思考的，除了憂患，更是憂患之前、之中以及之後所透出的思考和希望。否則憂患幹嘛？

但詩的功能和職責並非一味給人思考和希望。《紅樓夢》在第一回就強行中止了甄士隱的夢，因為他在夢中不但思考並且希望著，而且差一點因此悟出了一僧一道說出的玄機。於是，「方舉步時，忽聽一聲霹靂，有若山崩地陷……定睛一看，只見烈日炎炎，芭蕉冉冉，所夢之事便忘了大半。」這便是詩人、讀者和文藝批評人士理應恪守的「行業規範」，因為許多事不可說，說了也不清楚。這便是詩，便是中國畫中的飛白，便是有回味、有內涵。

這很重要，因為這決定了詩人在時代浮躁以及習尚、事象中，有多大免疫力。反射出來的，便是詩作的純淨程度。王國維在《人間詞話刪稿》第14條就憤激地說：「社會上之習慣，殺許多之善人。文學上之習慣，殺許多之天才。」詩，講的就是性情之真。沒有和明霞交流她寫〈花季〉時的創作心態。依我的揣測，倒是看到這首較長的詩，一半像是作曲，一半像是電影創作。

艾略特（T.S. Eliot）的《荒原》（The Waste Land）有不少中譯本，只一句「四月是最殘忍的月份」（April is the cruelest month），便一下子把人拋入了那種意象疊加、時空交錯的氣場。全詩充滿比喻，暗示，聯想，對應等象徵主義手法。《荒原》也因此成為象徵主義文學中最有代表性的詩作。明霞在〈花季〉，雖以《荒原》的第一句開場並以「四月是艾略特的深沉與殘酷」收尾，但並不見象徵主義的那份神秘和隱晦。不過很明顯地，〈花季〉著墨多的不是去描述（to describe），而是通過「曾經盛開」，「紛紛凋零」，「茫茫世道的轉角」，「用異鄉人的身份抵達遠方」以及「風中那棵在時間裡靜止的樹」等等意象和層面，試圖喚起（to evoke）讀者去體味文字以外的意境。

〈花季〉雖然是個美麗的詞素，大學的花季「那時我們腳步如風」，但詩中的沉重是顯而易見的。「多年後，當你在淚眼中與我交換記憶／才驚覺第一個帶頭起義的／免不了成為烈士。／於是選擇流離，用異鄉人的身份／與年輕時早一步出發的那個自己／重新會合。」

詩中不但故我和新我之間有這種「悲歡離合」，就是「昔日轟動一時的繁華盛世／都掩蓋在歲月漫漫風沙之下。」隔世、滄桑、惘然以及「等待下一季落紅／化做春泥」的那種輪迴感覺，在審美空間之外又推出一個精神空間。有趣的是，明霞在詩中還嵌入一些黛玉葬花式的小詩節，在大的段落之間登山渡水，過樹穿花，使全詩讀起來像一部交響樂的總譜。而嵌入的小詩節聽起來又像大樂章中的幾個小和絃。〈花季〉是詩集中很獨特的一首創作。

四

被譽作文化昆侖的錢鍾書先生在〈談中國詩〉一文中說，世界上詩的發展是「先有史詩，次有戲劇詩，最後才有抒情詩。而中國詩可不然。中國沒有史詩，中國最好的戲劇詩，產生遠在最完美的抒情詩以後。純粹的抒情詩的精髓和峰極，在中國詩裡出現得異常之早。所以，中國詩是早熟的。早熟的代價是早衰。」

他引用梵文《百喻經》，說一個印度愚人要住三層樓而不許匠人造底下兩層，「中國的藝術和思想體構，往往是飄飄淩雲的空中樓閣……譬如中國繪畫裡，客觀寫真的技術還未發達，而早已有印象派，後印象派，那種〝純粹畫〞的作風……」

這番語是引人深思的。這也讓我聯想到曾經參觀法國巴黎的龐畢度現代藝術中心（Pompidou Center），逛到頂樓，撲入眼簾的是一幅跟黑板一樣色調和大小的「畫」。很難說這不是一幅名畫，因為不知道畫家是誰。粗糙地說，如果畫家在自己的藝術殿堂——依《百喻經》的例子——建造了厚實的底層，呈現的是頂層藝術，譬如梵谷或畢卡索，那怕即使是「黑板」也有它的藝術份量。反之，則不然，因為藝術和參禪一樣，需要實證。否則，在當今「第二天性」橫行，在期貨易貿和外匯投資商可以與所有行業合作的現代社會，誰寫個像樣的偈子，都有可能被宣傳為禪宗七祖或八祖。

藝術宮殿「底下兩層」便成為實證的一個考核標準。如果明霞的詩是畫，這些畫都是一筆一畫勾勒出來的。個中既有入地紮舊根的養份，更有上天吐新蕊的靈氣。借《憂鬱森林》裡的一句台詞：「畢竟，只有生命才能安慰生命。」如果說森林裡每一棵樹的背後，都有一個不為人知的秘密，那麼人和人之間、人和自然之間甚至作品和作品之間都是互動的。真實的生命都有養料，生命之間都可以互相依偎、彼此呵護，因為天生合一、萬物互動。這本詩集是王明霞藝術生命體系中，一個新的元素和載體。

（本文作者為紐西蘭國會議員）

告別的姿勢

黃俊麟

八月無事，除了完成我第一本小說集的校對工作，送印前兩週，收到了明俠也即將輯結個人詩集的消息。

我認識的明俠在大學寫劇本排戲、小說得過校園文學獎，畢業後，她的劇本搬上了銀幕，還獲得短片輔導金，自編自導，卻從來不知她竟還寫詩。

這實在讓我太過訝異了，彷彿突然發現一個認識的人竟然還有不為人知的另一面。但想深一層，我的驚訝實在沒來由，我又可曾真正認識過明俠呢？我的印象可能還停留在我們一起參與系上「踏歌」創作坊的陳年往事上，離開校園後，「日子／漫成一片荒草／無所謂想念不想念的字眼／我依舊坐在昔日並肩的台階／坐成一種凝望的角度」〈未竟的姿勢〉，而她這些年來就如我在畢業班刊提及的那樣，早就一次次「蛻變成一個個不經意的驚艷」，讓我不由讚嘆連連。

於是我暫且擱下印象中說故事的那個明俠，重新認識一個詩人。

於是我在八月的赤道地帶，「就月光展讀並溫存／久未寒暄底記憶／一如讀詩／或者讀你」〈消息〉，與老同學寄來的一頁頁斷句「對視深邃思念底躁動」〈絕版〉。

然而，引發躁動的又何止於思念故人，長年累月的忙碌生活往往讓心事磨成無感失語的狀態，對於世情，我只能隱身於小說的虛構裡一泄不平，不似明俠始終不改初心，在她的詩中「依舊能感覺到／筆尖脈搏／曾經／瘋狂地跳動」〈這樣．而已〉。

明俠的詩作大部份可說是自己的心情記錄和寫照，除了少數幾首明顯涉及現實的課題（如〈不在現場〉、〈如果戰爭不在遠方〉）外，其餘的無論是描寫生活瑣事（〈午後假寐〉、〈獨坐〉、〈人間〉、〈安靜並且緩慢地墜落〉、〈小星星變奏曲〉……）、分別或別後重逢的心緒（〈未竟的姿勢〉、〈消息〉、〈中年對飲〉、〈有一天〉、〈後來的夏天〉……）、傷逝過去時光和理想（〈無題〉、〈大河〉、〈時間的情節〉……），在我看來，都與回首、記憶有關。

也許可以這麼說，這本詩集無疑是一種告別過去的姿勢，而「悼念」是唯一的主題——那些年輕飛揚的熱情理想、信仰堅持、青春情事再也不復返，若非用文字、以詩「留給遺忘一點證據」〈送行〉，埋藏的記憶早已說不出具體的事項，徒留懊惱神傷。

以上所言純屬揣測，雖然從事文藝副刊編輯十餘年，但坦白從寬，至今我仍不懂詩。總覺得詩人摘取的吉光片羽，就像是靈光一閃的意念，難以捉摸。我只好用斷章取義的方式拼湊明俠的詩句完成這篇言不及義的觀後感，「一個不留神，很容易被誤讀為／故作姿態底留白」，未免說得太多錯得更多，丟人現眼，還是就此，讓「回憶如霧／漫過傾圮底時間長廊，輕手躡足／沿過往線索拾階而下」〈時間的情節〉，往歲月的未知處踟躕走去，一轉眼，竟已來到後青年期的末端，感慨青春的尾巴早已失去，接下來要面臨的是過早的中年心境。

但在正式步入中年之前，處在不同空間的我們卻一起經歷了結集自己第一本作品的幸運，今後我們還得「將中年的卑微喝盡」〈中年對飲〉，再次上路，「在逐漸遠行的路上曳成一道歲月／淡淡爬過的記憶毛邊」〈送行〉，期待下次相逢，可以微笑共話清風明月。

（本文作者為馬來西亞星洲日報《星洲廣場》主編）

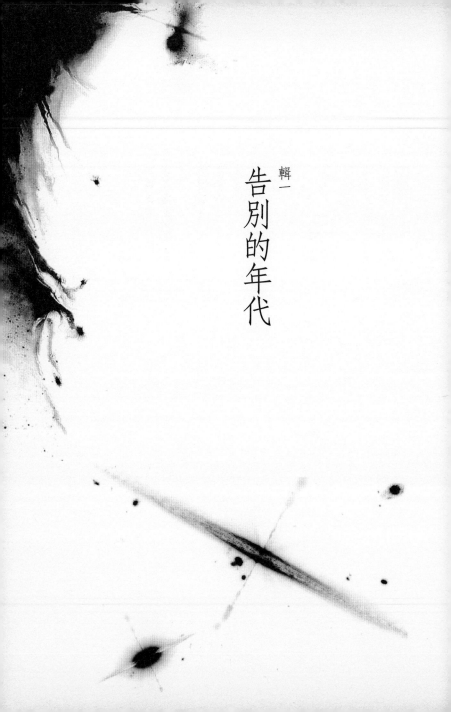

輯一

告別的年代

寂寞與盛夏的窗有三說

一說

莫掛串風鈴
在我盛夏的窗前

就怕那風
會穿過窗
就著風鈴
喚醒我蟄伏已久底
寂寞

二說

而今夜
寂寞的星子依舊
在盛夏的窗前
喧嘩成一室

粲然

三說

寂寞似花
在盛夏的窗前
璀璨地
盛開著

消息

守一方熒熒小軒窗
燈下，揣測此刻你睡姿
是否如白晝喧嘩底
恣意張狂，或
繾綣於子夜沉靜安詳的
地老天荒

今夜，月光溫度恰好
足夠冰鎮一壺
陳年相思
壺底猶擱淺些許
關於你的模糊斷句

開封前最好輕輕
將你搖晃均勻
一面啜飲一面
就月光展讀並溫存

久未寒喧底記憶
一如讀詩
或者讀你

明朝醒時惺忪片刻
先別急著追問
風，究竟來了沒？
就讓窗前的鳶尾草
或那善於等待的金線菊
訴說這，連風鈴也未曾察覺底
消息

這樣・而已

風，把書吹翻到哪頁
就讓我們的故事
停在那頁

請允許我在頁末空白處
用HB鉛筆
輕輕地
寫下幾個句子
沒有開頭
　也
沒有句點

就讓這頁成為書中
最縱容的一頁
當風再度吹翻到這頁
你依舊能感覺到
筆尖脈搏

曾經
瘋狂地跳動
至於那頁之後未完的故事
就再也與我無涉了

我的名字
也許會再度被提及
也許，是放肆地佔據整個篇幅
也許，不過就是個小小的
裝飾性的逗點
沒有上下文
也無關起承轉合

（但這些，
都是你份內的事了。）

一切關於我的字跡
就停在
風　吹開的那頁

HB鉛筆淡淡地寫下
這樣
而已

等待無盡

紛紛的昨日墜落
向我以失速之姿
向東方——
東方是火焰是
宇宙的初始
是世界第一道視線的開端

我不願回首，並且無語
堅持以隻身為軸心
展開長途搜尋
並且宣稱：
一個人是群體——【註】

一個人是群體
是無垠亦是
色彩、型態、感官、悲喜之
完全集合體

而眾人，卻是化約為最小值的
孤寂
吐納同等質量的愛恨
或者，釋放平均底
飲食男女——

群體有時被用來
代替交響樂
有時純粹是節奏打擊
以碎裂揉合破敗
歌頌耽溺
極度冰冷底搖滾之音

當右耳已無法聆聽
左手的彈奏
失去的訊息不僅是和絃
還有一種未知的可能
生命不需言語只需琴鍵

選擇賦格，或者對位
也可以是後現代的極簡
風格自會成形

這時，文字會悄然
退身回詩集
那情感最隱晦底
藏匿之處
我將笑聲放置在
被錯誤解讀的那一行
期待下個世紀有人能將之
篆刻為座右銘

但其實我更愛墓誌銘
悼念死亡遠比激勵生命更為
深沉且富趣味性
更能顯出歷史意義，或者
也可能我只是
（暗自揣測著）

貪戀形而上的
憂鬱與激情
莎士比亞依舊靜止如旁觀者
見證初夏詩句的
一再修改及終將完成

軸心仍是我堅持不變
集結成群孤寂在廣場的
一個人群體，向群眾
高聲朗讀墜落的昨日
配合身後冰冷地搖滾打擊
行軍式邁步向前
向西方——

西方是海洋
湛藍地躺臥成寧靜
一如死亡底安詳姿態

詩句完成之時

我亦將抵達彼岸
劃一道宇宙終線為你
展開來生無盡等待

寫于2001雨落不斷的春天

【註】：引用費爾南多．佩索亞之句

獨坐

世紀末交疊時刻我獨坐
繁華城裡冷僻角落
冬雨靜靜落著，一針一線般
綿密織就透明抽象畫
匿身於巨大城市
如博物館展場呈現
紛紛迭起主義的
某一處

偏離聚光燈
光暈範疇邊緣外陰影
我自在呼吸
安靜端詳每位
參與博覽嘉年華的遊客
面孔一如抽象畫
潑灑出各色喜怒
以及愛欲

未曾動念涉入人群
探討畫作之類別、主義
依舊，我安然於
冷僻陰影邊緣

這獨坐彷彿
抽象畫角底一句
孤獨簽名

中年對飲

再次回到曾經青春馳騁的場域
天涯歸來你流浪的步履穩健依舊
縱使行囊裡看似少了些無關緊要的風月
卻仍抖落滿肩無可避免的塵霜

而漂流多年，我在海角
孤獨航行沒有路線的疆域
踐諾著昔時豪語要將地圖上
各種節氣嗅盡，在吐納間
把世界的呼吸循環成自己底血液

重聚的冬日把酒，未必言歡
但縱酒放歌的五陵
輕狂少年我們不再是了
你舉杯搖晃沉澱其中一種
屬於中年的微薄感傷
我驚見你嘆息的眉宇折皺間

已自成一番穹蒼
躡手取出保留多年的問句：
他方是否尋到你失落的年少愛情？
近子夜的深沉，你打破靜謐——

「誰的青春裡沒有一兩道
莽撞誓言擦撞過的傷痕，然而世界
並不欠缺我們的悲情劇本。」

藏身歲月底愛恨傷痕漸次風化
隨傾訴剝落一句句斑斑血跡
於是釋懷了，對我們
自以為失去的風華年代
臨到中年與你同席
情愛不再是唯一希冀的對飲格局
當相守的餘溫消融冰雪
凝結的眼底，我用

泛黃袖口拭去潮濕霧氣
最后還是我們
將中年的卑微喝盡

此時窗外正好雪落
夜於是更深、更靜……

陽光下尋找真理

長久的雨後我們見到太陽
婉轉散著初升溫度，熨貼在
歷史簿上，在汩汩
流著鮮血的傷口那張
家族合照中

那張每個人都笑得燦爛的
合照，我一度以為失去了
以為它遺落在追尋的顛躑路上
被季節的風沙捲起
被蔓生的野草覆蓋

唯有仰望的星空悄悄凝視，卻
只能噤聲

沒有星圖和羅盤指引
信仰像獨航的小舟

在激流裡執著野渡無人自橫的姿勢
我們不是沒有眼淚
只是乾涸的土地再也孕育不出
茂盛的春天

這些年來我曾嚮往的樂園
如果能有一盞真理
照著綠草青青、波光粼粼
紅磚屋收藏追尋的足跡
冬日旅行的老友們返回爐邊促膝
把酒縱言彼此無盡延伸的
詩句和囈語
胸中便能滿溢即使面臨末日
也不以為意的豪氣

而世界，是該容許我們偶爾迷路
在重逢的時刻裡

那時我們將放下囊中虛無底

形上和邏輯
握著淚跡已乾的照片作為
重新出發的唯一行李
以歷史應允的那片陽光燦爛
照亮黯淡路途，繼續前行
尋找來生的永恆真理

無題

生命是赤裸的語言
在最初的墜落之前向我們展示
鮮花及鮮血編織成的桂冠

語言裡夾雜一種對愛，或者
真理的渴望
然而，我們並不能總是赤身坦露
純潔血液裡日夜川流的熱情
當謊言利刃割裂腕間
脆薄血管的一刹，亦是我
童真毀滅的那天

淚水滴落在宣示真理永恆的那本
聖潔經文某一頁，在歲月
還來不及風乾前
硬生生闔上
於是童真亦將伴隨真理

被燙金字的真皮精裝封面包裹住
永恆收藏

不要咆哮，對我的信仰
在聖壇燭火隨門徒信念
搖擺起舞的不確定時刻
至少仍有那本封面燙金的真理
安全藏匿我生命最初的赤裸貞潔

那將不再是一種有聲的語言展示
而是我墳上
曾經川流的鮮紅熱情
凝結成供你憑弔的
永不枯竭底仰望
如鴿子飛翔

2003夏　於舊金山

不在現場

——For Tibet

你眼中荊棘的昨日，我
不在現場
無緣親炙那乾涸瞳孔
如何等待一場滂沱
讓野地開出玫瑰綻放

你口中緘默的過往
我，不在現場
生澀的聆聽不時錯將
旌旗戰鼓雜沓紛亂聲響
誤以為奇幻影片激動情緒的
交響樂章

是夜已深
前來參與口述歷史發表的
倖存者即將離席

酒酣耳熱之際，我側耳
囫圇記憶最後一場告白

此時劍已入鞘
然而，從商朝吹起的風
仍泛著傷痕的銅鏽氣味
吹過中世紀
夾帶四方殘存血腥
翻過新世紀巔峰
用更精緻的文明技巧
雕琢魔幻寫實底當代革命

如同書中記載的所有革命般
手法依舊拙劣，傷口也依舊
難被時間治癒

歷史從來只書寫慶典
用染血的筆跡
因為淚水是那麼容易

被商朝以降的風
在隔夜，蒸發殆盡

只能從黃沙覆蓋千年
甫出土的甲骨上細細鑽研
那詰屈聱牙的文字裡
如何篆刻昔時星辰
在風中在雨中在戰火中也在
駱駝商隊行經的貿易途中
就著秦時明月踏過漢時關
輸出些許
最古老的繁華

那些伴隨著繁華而來
無可避免的殺戮
我，不在現場
所有的驚心動魄
任時間凝結成遍野黃沙
隨那夾雜微甜的腥風

向我迎面
吹拂過後只剩眼前
漫漫長路

明朝酒醒，倖存者離去時
我將起身獨自前往留有你
遺跡斑駁的現場
植一株玫瑰
見證商隊曾經的行旅
見證你以鮮血灌溉的繁華
盼來日有人如我
為你，在永恆的現場
風露立終宵
祈願守望

大河

我們並不是世界上僅有的耕耘者與罹難者【註】
獨行岸旁，我聽見詩人遙遠底嘆息
自深河之處——
「然而終究是必須流向虛無
　這一切必然
　流向一種深沉底透明。」

而時空在
你我之間隱形，在

九月的生命是另一個朝代
告別鳳凰木與蟬鳴後
自封閉的溫度起身
走向莫名蕭瑟
抖落的一身憂鬱
紛紛跌入大河
那承載你我關於

青春、愛情，以及一切
逝去的堆砌

用淚水乾杯太奢侈
我們不須如此悼念前世
也許臨江
是很好的追憶之姿

無須涉水，或是跋山
無須如大河滔滔之深諱
方能歷練人生
此刻每瞬呼吸，都在涉事
亦是涉世。

且以十二月盈滿勇氣底笑容
另起一行優雅地獨舞之詩
我將佐以月光，為你
在歲末演出一次完美奏鳴

【註】引用楊牧之句。

如果戰爭不在遠方

當暮色以些許衰敗之姿，降臨遠方
疲於奔命的烽火終得稍事歇息，然而
仍有零星砲彈轟隆聲驚醒好不容易學會
撰寫和平二字的孩童，顫抖的小手
握不住只比性命長一點的鉛筆，在他們了解
如何使用和平造句之前，歌頌真主的朗朗
童聲早已消散在拔地而起的兇猛狼煙裡

扭曲底狼煙身形使地平線瞬間傾斜錯位
蟄伏已久的子夜伺機匍匐前行，空氣裡隱約
可嗅聞朝此逼近的遠方有斷續潛行
步伐隱含戰鼓節奏和逐漸凝聚成形的濃硝敵意

下一場烽火尚未點燃，人心已先預約
恐懼耳語如最先進生化武器鯨吞
蠶食良善的靈魂在光明紀元，而戰爭——

戰爭未開打
哀鴻已傳遍野八方

曉月下，經濟議題在萬里外後方熱烈被討論
如果仇恨是藝術，貪婪便是盤踞殺紅眼角的黥面
淘淘不絕的唇吐露朽壞脂肪氣味駕馭華麗詞彙
各種方言、腔調、文法極盡排列玩弄之能
掀去修辭簾幕，終究指向虛無
虛妄唇舌們以為那張全球會議圓桌代表
世界的中心，和平的起點
渾然無知決策時拂袖的微氣流即將揚起萬里外
戰地颶風席捲所有生存意志。即便匯集千滴
男兒淚也澆灌不出沙場上一株孱弱明日

沒人知道綿延三月的烽火竟始於斗室
和平：烽火遺孤永遠等不及造句的幻詞
（正所謂：羽扇綸巾，談笑間，強虜灰飛煙滅……）

戰爭是天真、純潔、染了血的
實境遊戲，和平才是美麗底邪惡童話
人類文明史上，兩者從不宜列入歷史課

那些來不及長大來不及變聲的稚嫩童音
持續誦讀真主神聖旨意。翻開第一章：
道可道，非常道——

朗朗童聲不斷透過祈禱將生之渴望傳向
遠方卻被那突地撞擊資本主義兩座赤裸裸
勃起陽具的驚呼聲掩蓋。「無所謂了，孩子！」
誓言保衛家園的長者說，祈禱能否被聽見
是神祉的事；人間地盤，留給人類分裂奪取
只是這一次，大人們以盲目毀滅行動宣示拒絕
美麗家園成為資本主義垃圾掩埋場，用一種絕對並且
驚人地非常手段，閹割構築世紀大騙局的金牛街
地底埋藏那條刺激資本主義勃起的最敏感神經。徹底
激怒白領狠狠撕去戲服與面具，露出恐怖主義源起
啊，這猙獰的慾望，才是點燃戰火的引信。

頂住槍桿子的手與微顫顫抓牢鉛筆的手，誰
才能回答漫漫長夜匍匐前進的戰爭申論題？而如果
戰爭不在遠方，那些握著殘留上個主人淡淡血跡
短鉛筆如同握住短暫性命的小手，也許有機會長大？
有機會撰寫千百則和平的文學寓言，有機會
像白領白衣的孩子，出生在純淨的白色房間裡？

然而他們是否會像白衣孩子，長大後，用一支支
沒寫完就丟棄的新鉛筆在潔白作文簿上寫下一句句
缺乏想像的造句：

戰爭是哪一國人？
戰爭的味道好不好聞？
戰爭是什麼顏色？
戰爭是動物還是植物？
戰爭——在哪裡？

如果戰爭不在
遠方會在哪裡？

潮騷

——觀「頤和園」

長長的夏天
我們用欲望換取
整座城市的寧靜
把騷動留給海潮
留給遠方的號角
留給尚未發生的戰爭
以及，還沒相遇的眼神

當愛情發生
我們註定失去身分
僅能透過擁抱喚醒
未命名星球的運轉

（然而那究竟是誕生
或毀滅的開端？）

長長的夏天
我們用短短的靈魂觸鬚
纏綿著心跳
探索彼此前世記憶
浮光掠影中流覽初識場景
趁臨別前最後回眸
存取至今仍未抹滅底
相愛紋理

廣場

不會再有那樣盛開的廣場，不會再有
超越沸點的炙熱血液與震破天際的呼喊
不會再有比子彈疾速的語言射穿
謊言心臟；不會再有坦克也輾不碎的
鋼鐵意志與胸膛

不會再有偽裝的流亡
在民主的路上不會再有鐵窗
禁錮靈魂的自由翱翔
不會再有主題不明確的死亡

起義是夏天進行曲的主旋律也是
游離的眾意識之所以群聚之所以奮力
蛻變為肉身只為抵達繁花盛開的自由彼岸
即便得先穿越遍地荊棘即便
獨裁銳利的刺已先穿透年輕的鋼鐵胸膛
血流如川，沿著真理的紋路流向

五大洲三大洋

沒有一滴血白費
沒有一滴淚憑空蒸發
每句口號後來都落地
在不同的土壤生根
在不同的時間發芽

在每年六月初始，在
世界各地被流亡的鮮血灌溉
孕育出你我豐饒
自由的廣場

逃生方向

用一種優雅的姿態
夾雜偶發底倉皇，你
面向過去，背對未來
思索著不知道還在不在的現在

沒有詩詞歌賦的文學季
斷橋旁垂柳靜臥成冬日凝結底
懸浮情意，細細心思裡洶湧著前世
泅泳的海浪在今世青春即將
退潮之際，幾度你將滅頂於黝暗
幸好有那盞遠方的光

那是遙遠山之巔，有人正好
提一盞路過燭火行經最沉
黑夜，勾勒出光的海市蜃樓

彼時經濟學已稍事歇息，哲學

剛甦醒，詩學正酒酣耳熱舉杯邀明月
氣勢之豪邁直可御風橫度玉門關

是如此人間五味繫垂柳之心
回味退潮前最後一次浪底衝擊
上岸。孤零零的肉體裹住
溼淋淋的靈魂夥同身旁那些
腐朽漂流木，舒展成所謂藝術

藝術所等待不過是一道曙光
照亮永遠過不去的過去
始終走不來的未來，孤獨的
肉身夥同溼透的靈魂陰鬱守著
不知道還在不在的現在，面向
過去如同面向被解剖的卑微
感傷，半徑不超過十公分那種

即便卑微，你仍抵不住
老靈魂的召喚在深夜

與哲學一同清醒，與街燈齊心
守護世界的深沉
多希望能成為你窗前枝芽
被學院的氣息餵養，結成纍纍
相思字句潛在你伏案振筆時
不經意的某一句，嘆息也可以

當街燈與哲學紛紛歇息，還有遠方
匆匆趕路的過往拎著將熄的燭火照應
行囊裡那些還不明確並且
尚未被排列成序的音符奔向
渴望被你開懷的鳴唱

那看似隱約的渴望實如潮騷
不住拂拭岸的臉龐
一種緊貼的親暱
一份昭然若揭底曖昧

再度縱身洶湧情意前別忘徵詢

星斗俯瞰風的去向，請它為你追逐
海岸線的模樣
那關乎下次漲潮，中年波濤
兇猛來襲時，必須提前上岸的
逃生方向

流離的島

——記苗栗大埔事件

不需要呼口號，革命前夕
熱血自會相互感應憤怒
迅速傳遞如引信點燃沉睡已久的心
彼時怪手正掘起一畝畝稻穗根基
農夫被歲月風乾的清癯頰上流的
不是淚是心頭血是追悼
耕耘一季的徒勞——

當怪手如刃刺進大地心脈
我們的靈魂也應聲斷裂如線裝書束線
倏然被抽離

結構嚴謹、章回分明的真理邏輯散落
如被刨起的凌亂田畝好不容易
躲過種種可能的天災
懷胎一季

纍纍稻穗與農夫感激之心
瞬間靈肉分離、揚起陣陣飛絮
在空中，進行哲學式的逃亡

美麗稻穗成了狂妄的政治抵押
換取一本本精裝政策白皮書裡寫滿的
究竟是誓言還是謊言？
真理怎可能如此輕易被影印裝訂？

誰在風中唱歌？
擊壤而誦的古調喚不回古典的美好：
日出而作，日落而息。
鑿井而飲，耕田而食，
帝力於我何有哉！

何有哉？

現代主義的慾望城市建築了整座島嶼
連影子都只能映出幾何圖形，缺乏思考缺乏創意

聽說孩子們已不需要文化遺產，不需要親炙
母系大地聆聽母語訴說遠古軼事
談笑間，世界在掌中生死；於指尖
灰飛煙滅

帝力於我何有哉？

誰還會在風中唱歌，唱那首
失傳千年的擊壤歌？

　但使土反其宅，水歸其壑，
　昆蟲毋作，草木歸其澤。

當島嶼之心被狠狠刨去
當癯廋耕作的身軀再沒有彎腰的理由
再沒有根繫著
靈肉分離的島從此流離

大哉帝德！

丈量田中央

有點偏僻，你所處的地理位置
建築的夢建築在浮動的水系上
夏夜的田中央在微醺的月光下
搖搖、晃晃

新生秧苗大無畏仰視天際生長
熟成眼光謙卑地俯瞰大地滄桑
俯仰天地間
丈量田中央

告別的年代

你說青春是種情緒，淋了雨
略帶溼氣，夜裡晾在廊下的夢
被流星撞凹一個洞，革命口號
趁勢滲入青春裂縫。夾縫中傳來
激昂底樂曲以理想為柴薪
熊熊燃燒的熱情烘乾那潮溼了
整個雨季的呼吸，也止住
對現實的連連噴嚏

那時沒人知道原來革命
可以治療過敏

革命步伐在夢中迅速前進，現實中
卻長年匍匐成一句囈語。執著的心意
凝練成瘟疫感染路過的紛紛年輕
投入懵懂任時間雕刻逐漸鮮明底自我
歲月下手不輕，會痛！但很值得年老時回首

丈量世界天光，如夢似幻
偶有踉蹌鬆動的情緒
至少我們不曾萎縮自己，虛擲光陰

逆風奔跑之勢如刃，劃破年少
奔騰的血脈賁張不一定能灌溉出
豐饒國境，但慶幸青春沒有傾圮成廢墟

往事氤氳，記憶夢土邊緣又抽新芽
遲疑地生長、張望宿昔已逝的筆直典範
微風自遠方帶來失傳的口號，聚而復散的
雲對我們的過往瞭若指掌
雨歇後，躁動的十七歲靈魂已然馴良
服貼在霧的結晶裡
資本主義不再是假想敵，憤怒經過時間修剪
展現寬容的觀點
敞開漫長逆行後乾燥的心
迎接適時雨季是好的，執著的視野

可以除溼，可以洗去熟成語言裡
沾染的風塵味，沖刷粉飾笑容底厚重胭脂
素顏是年老的權利，如何編纂
剩下的事，交給未來的筆

「在甦醒的史冊裡，也許寫滿告別
但革命，從未不合時宜。」

Control

飛絮奮力掙脫雲的
群聚，不介意游離並
高聲呼喊：獨立！
「我的肉體與你源出一系
我的靈魂只屬於我自己！」

未竟的姿勢

自你去後，日子
漫成一片荒草

無所謂想念不想念的字眼
我依舊坐在昔日曾並肩的台階
坐成一種凝望的角度
把畫面沖洗成五０年代的黑白片
夾在有你簽名題字的冊子首頁
渴望在闔上的瞬間
並排成一種永遠

當那頁再度被翻閱
我依舊維持凝望的角度

目光的方向
仍是你
起身離去時

未竟的
姿勢

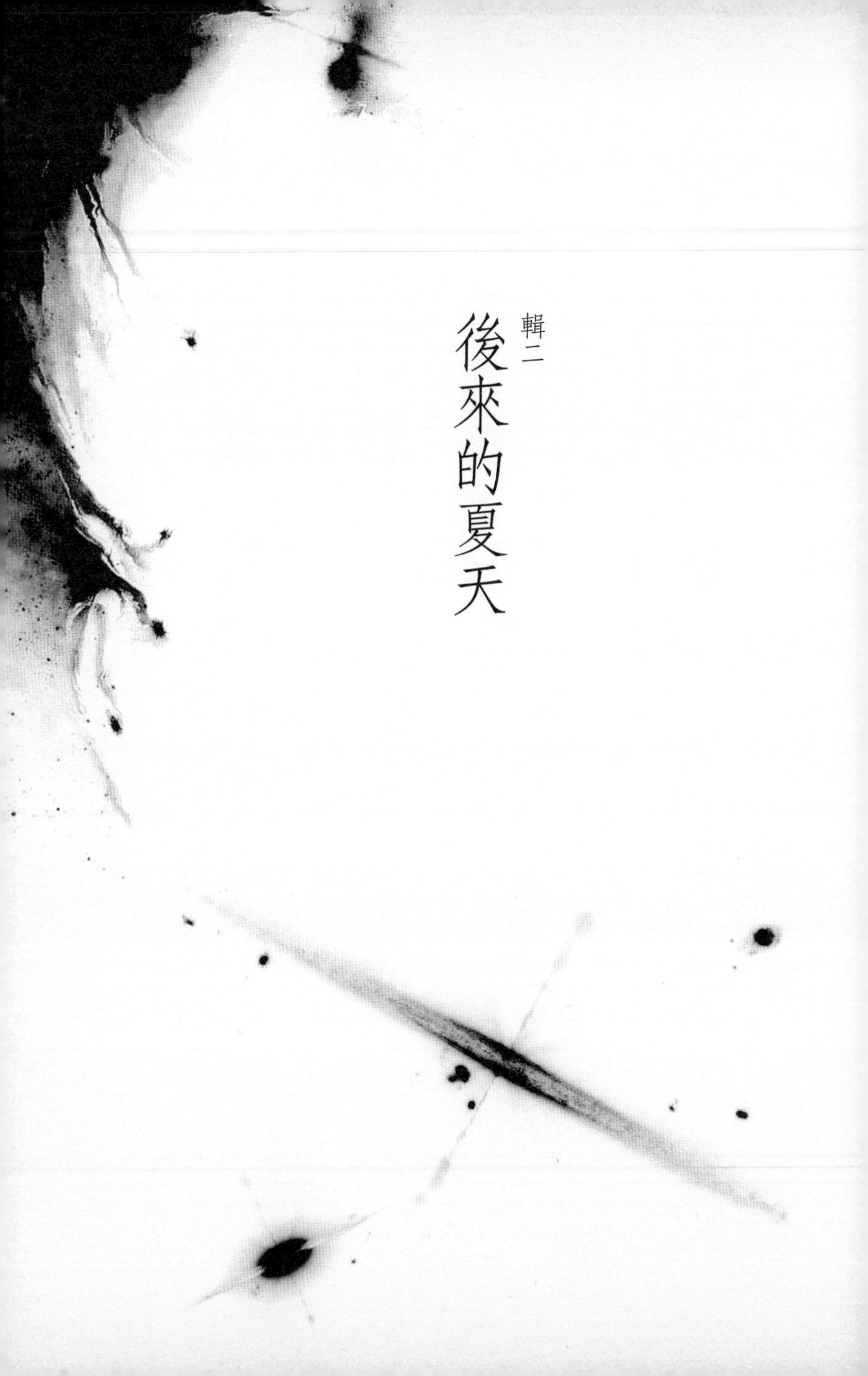

輯二

後來的夏天

有一天

花了那麼多力氣來記憶你
還是敵不過自己的無能為力
孤獨的銀河系
沒有星星的奏鳴曲
一切是那麼無所謂了
那麼那麼淡漠
你走過窗前，沒有回頭
我也決定不再仰望

那樣的轉身不寂寞嗎
我無法回答這個重量

撐開一把傘，是你遺落在咖啡館的
藍色憂鬱還是被我收在眼裡
抵擋漫長夏夜無盡墜落的
流星雨

有一天
詩篇和我們一樣會腐朽老去
剩下碎碎的紙頁和殘骸
讓那些喜歡考古的狗仔
訓練嗅覺
頂多成為某日報頭條
隔夜便化為街角
翻飛的不經意

那時說過的話就像迷霧
真實存在卻又無法緊握
溫度變遷隨即消逝——
眼睜睜的死亡
我們必須見證這一切，並且經歷

有一天，會有
那麼一天
當你憶起今夜，不過如飄過眉梢的
髮絲被風輕拂後再回到墨色群體

那時愛情就只是存在本身
沒有太多哲理
我將繫上深沉步履
離開即將墜落底深淵邊境
並且深信自己，終有了悟的
那一天

淚

她常說那是
帶著些微心酸
與腥味
如血般地
甜
一種發源自
意識流沿岸，初生
嫩葉
被粗礪碰撞擦傷底
深沉分泌

給M的斷簡殘篇

掩著面，沒有人知道地哭泣。
太陽笑著流淚，據說是下雨。
海洋安靜。
愛麗絲綻放夏日最后風情。
蕭邦在綠草地上演奏練習曲。
星子遺失了秋夜完整的星圖。
太陽一現身，露珠就死去。
風自天空枯朽的微笑間跌落成一種寧靜。
天使已折翼，再不能飛翔天國。
日子被賦予靈巧的思考。
記憶是光影閃過你眉睫一瞬的表情。
所有的發生在無言裡。

我再不能逃避，親愛的M，關於我和你。

你來了，握住我的手。
而當你不再握住我的手

我又怎麼知道——
你，真的來過？

那些未命名以及未完成的

——For JL

城市在夏日午後，微微
傾斜四十五度
遇見手風琴低沉古老的
嗓音，在憂鬱咖啡館外
那時你正用輕快地
流雲般筆觸
佐以微笑步伐，滑過我
蟄居的白色小鎮

沉寂已久的我的信箱
安靜收下邀請
在黃昏之前，趕赴你
微塵底小閣樓頂
閱讀那些收藏的暗喻

暗喻皮層的色彩是信差

一句句都在訴說
你銷聲匿跡那些年
獨自行過的愛、傷痕與孤寂
細胞裡的夢境雖然不一定
總能被看見
然而，那些很淡很淡
淡到看不出痕跡的愛
卻仍仰望，未知迷途
一種篤定的愛
與信仰的姿態

而你習於倚身旁觀的
冷然素靜
皆凝於龐大無色彩間
一不留神，很容易被誤讀為
故作姿態的留白
我卻知那是你藉以
向巨大張狂世俗抗爭底辯證

此刻，靜謐星夜下
它們都被撫平在一張張
可摺疊攜帶的小空間裡
不再具有立體性的衝撞與
眩人張力，卻
熨貼著無需聲張的氣度

也許這樣，是好的
讓年輕時的愛恨
靜靜棲身
在記憶的季節裡嬗遞
自行凍結或消融
與你，或者往事
全然無涉

僅僅以此，向那些
未完成以及未命名底作品
深深致意

午後假寐

沒有什麼絕對
詩——
或者人生
註解在卑微午後
假寐的窗櫺
當你，微微睏盹……
我已搬了梯子
攀上天庭
旁聽一堂私塾底
神話講座

她在離開的那天同時死去

她，在離開的那天同時死去
並沒有人，為這件事情哭泣

天空不會因此
撕裂凝視的眼睛
玫瑰依舊盛開
在它應有的季節
日升也伴隨月落，依然
促動潮汐漲跌底週期

但是，沒有人知道她
失去了時間
失去了微笑的動機
失去了視線的美學性
沒有人知道，她
失去了辨識世界的能力

她出生，在自己的房間裡
用顏料繪畫自己的世界地圖
用文字書寫自己的旅行日記
用歌聲哼唱自己的民謠組曲

直到她
離開那裡

沒有人知道，她
在離開的那天同時死去

窄巷

那年秋天有笑聲
漏進我們蟄居底窄巷
在窗前垂懸成鈴
隨風搖曳
召喚相思

那時愛情不寬
夢也窄窄的
理想是昨天的頭條
讀過就忘
走出巷口的離別
相對顯得寬廣

還好窄巷雖窄
抬頭有天空
笑聲總能恣意飛揚

那年秋天不太長
幸好來得及收納幾兩落葉
一錢感傷
浸漬在寂寥裡過冬
來春還能品茗
入味的完整季節香

少了愛情、夢，或理想
巷底仍有季節限定的盛宴
歡迎攜帶淚水笑聲入座

回憶不對號
在人生的長長窄巷

夏夜微笑

——贈Eva H. 四十不惑

跌入海洋，而後率先飛翔
是妳一貫的遊戲之姿
未曾想望遏止，卻更縱容
妳遊戲時的燦亮笑容在夏夜
於是窺見平日斂於世間底精靈之翼
順著振翅氣流而上，同時窺見
永不式微底文明奧秘
逐年引動朝聖人群川流在仲夏開幕式
觥籌交錯間，耳語著昔日傳說

是的，精靈的夏夜微笑是人間
傳說亦是伴隨孩子入眠的床邊故事
儘管夜重重地落下，孩子們嘴角卻仍
啣著微笑入眠。夢裡乘精靈之翼
飛過天涯海角朝向不思議
Wonderland裡終日陽光普照

沒有滄桑與衰老

那是第一次獨立飛行，雖僅止於夢境
依舊值得紀念在私密日記寫下
企盼再次翱翔

吹熄了童年蠟燭，把殷殷企盼揉進厚厚
教條中，像仙人掌催眠自己不需水分
也能饑渴地隱隱生長，不痛不癢
以為伸展出飛翔羽翼其實是戳人的刺
夏夜的床邊故事換成夢的解析
翻遍所有版本卻尋不著飛翔的夢境詮釋
此時彷彿聽見悠悠嘆息傳來
自塵封已久的日記，等待開啟——

精靈從陳年筆跡中優雅起身，拍落
翅膀夾層裡靜止的微鏽記憶
笑容歷久彌新未曾衰老，振翅
穿過窗台，遨遊海天一色

那遊戲之姿是孩童渴盼的夢想
精靈的臉龐是妳，贈予微笑之鑰
開啟此後逡巡夢境底自在飛翔

原作於庚辰年，庚寅年季春改寫

人間

晚禱後，屋子裡閃過
四分之三拍的靜謐隨即被遠方
教堂乍響底鐘聲敲破在
街上曳出一道悠緩莊嚴且
流暢的意象式黃昏呼吸
沒有電影情節裡神聖廣場前群鴿
振翅虛構的和平幻象，我們
追尋整片天空的遼闊或者
天堂般和諧寧靜都縮影在眼前
方桌樸素陳列幾碟稱不上
海味山珍的家常風情
雖不若耀眼奪目的繁星相隔
數不清光年，如此相對卻是
日日觸手可及值得細細咀嚼的
尋常人間

後來的夏天

——給父親

我正練習與你重逢時的手勢或者
眼裡該有的熟悉
穿過歲月置於那個錯身時刻
也許我們傾刻衰老，記憶於是黯然
而後一再迴旋如奏鳴的主題再現

你倉卒離去後來的夏天沒有告別
在時間裡，思念化為一句嘆息
我把它輕輕摘下，小心保留
預備別在你初秋告別式的襟上
那素潔的領襟確實需要什麼，替它掩飾
慘白的倉皇

為你模擬未完的講詞仍
安然夾在書蠹之頁
假設練習勇敢在無眠長夜是種必要儀式

那麼，我能否假設那悲慟上帝也憐憫
取去懸在你天居廊簷下
當它敲起，那清脆聲響便是我
急切底思念御風而行

樂隊所有停在弦上的憂傷
匍伏人間卑微
當最終樂句殘響逐漸消聲匿跡
我在死亡面前掙扎紀錄
生命底最末，然後
從此擱筆……

關於世界的真相
是從來沒有主題的失樂園

或者可以選擇跳躍感傷
深邃底峽谷，倚身向祝禱詞
然而，我卻沒有勇氣再次彈奏
生之喜悅，為你

再前往百合綻放的幽谷
採擷純潔的原始生命

夜裡時常我聽見你說：
孩子，不要流淚！
悲傷將如地球斷裂之崖底縫隙
把你和世界割裂開來

而我總是不住問你
歸途的方向究竟
有沒有笛音？如果有
我就依隨著吹笛人
單調腳步蹣跚前行
回到你我來時居所
不再輕易離開。因為
離開後終將一無所有

當你闔上此生最後凝視
灼熱心跳隨即失溫

我於是墜入茫茫深淵
從此不再感知任何

只剩荒謬冷冽底模糊淚眼
直視世界在眼前碎成片片
化為塵埃揚起，與你同去我
餘生荒原上，永恆底
風沙蔓延

思華年

錦瑟無端五十絃，一絃一柱
優柔地撥奏掩飾不了絲絲
霜降的鬢髮絕非無端
坐擁曉夢的豈止莊生憶當年
迷蝶逐蝶入江南逡巡
小橋流水人家，映襯古道西風
湮雨飛散如水墨畫風淡淡
將曉霧蘊入樓閣窗櫺，暈出
一筆薄薄曖昧銜在託杜鵑底
孟春心意裡。閣樓外大片天空
是刻意留白的深情對比

滄海藍田的日暖月明照映流光
飛逝霜降於沉默鬢髮猶待此情
在華年裡追憶江南昔時，誤闖迷蝶
閣樓那一夢，至今

是永恆的惘然也是
不醒的瞬間

三首

一・岸

無法挽留必然的退席
只好緘默，守候
下次相遇時洶湧底悸動
畢竟我的存在，就是為了等待

二・陸

往更遠地方走，標的是盡頭
途中一度迷失，非關地圖謬誤或
指針失常，是錯估自身意志與
體力不及山闊水長

三・洋

你以為的張狂是假象

我心深處有一道寬廣是你
無法探測察覺底深邃
流域之光

樂之錯覺

生命
不過是一堆
曾經
鏗鏘有聲的
破銅爛鐵

氣息

在探索造物的極限間
群山試圖觸及寰宇高昂
海洋希冀探觸溝壑深邃
草原渴望擁抱大地遼闊

在逝去的時光隊伍裡
我只想追尋
昨夜枕畔
遺留的氣息

一顆種子的飛行假想

寒冬凝翅的彩蝶冰凍
鮮豔的羽翼細節，雙眸始終
注視繁花落盡的枝枒在
銀色大地底層曲著小小頸項
耐心醞釀臨春時快意舒展僵硬
身軀勾勒出藝術史啟蒙美學

緊斂的雙翅裡除卻可辨識的
色彩學，尚有肉眼無法定奪的
形上議題：關於渴望迎風
招搖青春胴體純粹出於
展現美學以及順從飛行學的
基因本能。必須在風裡
交換同類動態與大自然情報
享受爬蟲類畢生無法體會
俯瞰的睥睨

肉眼相當粗糙，特別是人類
沾沾自喜的視覺藝術除卻表相經營
皮膚般深度，鮮有人關注
細節：關於露珠滑落的速率或者
楓葉哪天由紅轉綠？又或者
黑白之間是否存在八十六層灰階？
鮮少有肉眼，特別是人類能察覺
緊斂身軀裡如何蘊釀飛行
渴望裡蘊含巨大能量將蝶之振翅
渲染成毀滅性颶風

小小身軀自傲於這完美隱藏，待隔年
春臨後舒展冰封羽翼才驚覺
命脈已深入大地糾結出宿命原型
只好直視彩蝶翩褼舞過枝枒舞向整座
花園錦簇，卻只能在陽光下
檢視逆光身影，輕嘆：我也有豔麗
身軀為何不能飛翔天際？

輯三

時間的情節

花季

——致PY

四月是最殘酷的季節【註】
遠方的你，捎來一封時間感懷
附上一張張英倫四月雪
夾雜濃濃的學院派生活絮語
對比我此刻身處節氣雲雨
不定底變幻，以及
長年與現實肉博的疲憊
即便朝夕轉換應對進退底面具
卻仍抵擋不了出了家門即是
江湖的人情冷暖
初春午後閱讀你依舊學院的字句
年輕身世倏地驚醒
從那些沉睡已久的詩集裡

這些年我穿越經緯無數
目睹曾經盛開的愛與友誼

紛紛凋零如乾涸塘中
一片失水浮萍的惘然
失卻漂流的相依據，年輕的花季裡
曾緊緊伴隨的那些身影
也漸消逝在茫茫世道轉角

對於這些無可避免的逝去
我不是沒有慨歎，然而
難捨的也許不是離人
而是分離的刻骨銘心深深烙印
只是，對於人生
籌碼不多的我們
從來沒什麼商量餘地

這些年，偶爾我仍寫些
年輕時的詩句，用追憶點綴
幾行藏匿的暗喻
隱誨的暗喻很適合對比
明亮綻放的花季，大學的花季

那時我們腳步如風
急急奔赴每個未知與遠方
遠方曾是你底嚮往我底
眺望，那時我們
都還信仰著信仰，血液中逆流
一點點左派思想在平凡的叛逃中
與迎面而來的青春衝撞
藉此滿足骨子裡潛藏對革命
不切實際底浪漫幻想

多年後，當你在淚眼中與我交換記憶
才驚覺第一個帶頭起義的
免不了成為烈士
獻給革命的代價不外理想、愛情
或者人生種種

所以你選擇離開，選擇流離
用異鄉人的身分抵達遠方
與年輕時早一步出發的那個自己

重新會合。而我仍在，在這裡守護
即將回航的自己
並且，逐年埋葬花季的紛紛凋零

　爾今死去儂收葬
　未卜儂身何日喪
　儂今葬花人笑癡
　他日葬儂知是誰

我不問誰葬，但問誰識得
凋零後的遍地惆悵
惆悵中偶爾讀你昔日的詩
此生唯一那首詩
如同一生一次
開在最好時刻的花季

藉著那些詩句我臨摹青春
像初初習字的拙稚童子
恁地努力卻終究只能描摹出

生澀的傾斜人生
並感嘆青春距今為何
彷彿隔世？

昔日轟動一時的繁花盛世
都掩蓋在歲月漫漫風沙之下
然而時間至少教會我們一件事
守著褪色的誓言，枯竭的情誼
形同提早埋葬自己——

曾經你是自己人生的舵手
卻在變幻莫測的愛情海中迷航
仰望漫天大霧裡的朦朧微光
航向不在地圖上的目的，順著
日升日落的地極
在每個短暫停留的港口
給我捎來即將出發的信息
流浪的羅盤終需歸零如你

此刻已然靠岸，如風的腳步也漸趨緩
我則成了風中那棵在時間裡靜止的樹
等待下一季落紅，化做春泥
才了解凋零的花季殘破的
軀瓣原有孕育另一種新生與
滋養大地的意義
那些凋零早已揉入軀幹成養分
揉入彼此的雙重歷史與視野，在四月

四月是艾略特的深沉與殘酷
亦是你學院式的思念與鄉愁緣起
幾句感懷喚醒過往如廣場之鴿
一陣驚飛並且
促我重拾年少的筆，揣摩你
異鄉的流浪步履
透過落葉，透過翻飛的詩句
寄往風中
向遠方也向這裡

【註】：出自T.S. Eliot的《荒原》

靠近德布西

攀著階梯到屋頂，撿拾
天使的翅膀
那是他乘涼離去時
遺落底未完夢境
夜空下
閃耀光澤潔淨

好像要下雨的天氣
仍然可以彈奏
輕快的德布西
此時不要浪漫主義先驅底
編號第九交響曲
我不想聽沉重的寓言
雖然，總還是有人忍不住
耳提面命

就當這些話語是一陣夏夜

晚風輕輕拂面吧
請留些安靜容我在天台
憑弔那雙翅膀，容我
倘佯這意外遺落的夢境

可惜天使沒有一併留下
飛行的使用手冊
否則我就能更靠近
德布西的月光

葉說

微朽的垂老身影隨風
癯廋曳過
几淨明窗前

不經意底叩醒
耽溺的夏季大三角
時序已秋

月光

把月光夾在書裡
在結局最隱密那幾句
縫隙間，微微
透露些許曖昧的智慧

把月光懸在窗邊
憶童年
小時不識月
呼做白玉盤
玉盤也可以用來盛裝
餐桌的世界風景

把月光灑在琴鍵上
且讓貝多芬與德布西
放手較勁
看今夜誰能掄元
譜出廣寒宮的古典印象

安靜並且緩慢地墜落

當你開口，我便安靜並且
緩慢地墜落似滿天繁星
順服緊貼海面。你底音浪泛起
陣陣悠揚如時光潛行的
華麗裙襬搖搖，我於是迷失
在優雅聲線裡載浮載沉

心動算不算一種節奏？髣如
松鼠啃噬核果：喀吖喀吖
你眨眼節拍聲聲敲我
緊閉心扉。老舊門沿順勢
剝落些許時光情緒碎屑
尺寸恰巧適合你撥弦彈奏

當你開口，我便安靜
循絕美聲線扶搖直上
席月光而坐，俯瞰夜空

星子緩慢墜落你指間撩撥
今夜最美的人間樂章

盲

——給裕翔及共同演出的聲音劇場

還好夏天夠長，還好
蟋蟀與蟬的聲音層次分明
蝴蝶振翅有風有節奏

玻璃、水泥和鋼筋都有
容易辨認的獨特身材與臉孔
幾何形狀大概是生活的基本結構
仔細聽——這面牆有空心有實心
分別代表高音與低音

二樓很踏實
一樓有點崎嶇
我喜歡這個框架中
凝結的時間風景

是的，我也喜歡開窗

就算一輩子只能坐在黑暗裡彈奏月光
窗外有種名叫自由的氣流
可以把我拋向外太空
和星子對談一晚上

Fly Me To The Moon
音樂讓我踮起腳趾跳舞，帶我去月球
指尖的琴鍵是我私密的有聲宇宙
掌中的奇幻世界超乎你想像
而且星星不說謊。星星
是穹蒼的音符，是唾手可得的樂章
你大概不知道宇宙裡有一支
隱形的交響樂團；必要時，他們也能
改變隊形，變裝成嬉皮或搖滾天團
從搖籃曲到安魂曲，宇宙
無所不奏無所不唱

我可以用音符在太空紮營，隨時
與銀河的旋律奏鳴。你知道星星不說謊

星星很樂意在月球為那些有眼
卻常迷路的地球人即興演奏行星組曲
在浩瀚宇宙為人類領航

咦，窗外好像有動靜？
是秋天來了嗎？
否則怎麼有大量飄落的隱約訊息
噢，你現在才要去看是嗎？

不過剛才，我確定
有風經過。

月亮應該到暗處休息了
因為我聽到星星回房的腳步聲

你知道星星不說謊
不像人們睜眼說瞎
星星和我一樣愛眨眼，並且
看得透徹明亮

時間兩首

壹

必須要在時間遠行前
停下來，看清一切。關於
歲月光影游移自斑駁的
琴鍵和絃間奏，挑明
一兩處合理的瑕疵

協奏的不完美於焉
成為理所當然

明日也許雙人跳舞
在天台的溫柔月光下
你重新拾回童話
在扉頁題贈我兩句：

　唯恐盟誓驚海嶽，
且分憂喜為衣糧。

遠勝承諾的輕盈子句
悄然拭去時間之塵
停滯已久的悠緩夢境頓時爽颯清晰
促我再度啟程，朝你
身后的百年孤寂前進

貳

即將成為詩篇，或不朽的前夕
總是倉皇而頻頻回顧
憂慮自身存在尚未雕琢成形
甚或只是感傷季節，落葉無法
漫天舞成送行的姿勢——

即便忐忑，雨仍然落下了
綿密織就子夜的瑣碎告白
行李箱遲遲不願闔上，只因
過多的記憶無從割捨
寧以一首詩的永恆向侍者換取
一杯咖啡的耽溺，也不願

貿然摘下未竟的昨日遺留窗沿那朵
含苞底心事。只好

在旅途被完成之前，臨摹
落葉送行的詩篇，寄語春風
先一步在離境耳語間
切切叮嚀如影底思念蔓延

晨間練習曲

每日清晨自癯廔夢境醒來
臉上布滿殘留的記憶角質
睜眼同時也睜開蒼白靈魂的飢腸轆轆
張口吞噬懸掛窗簷底熟成蛋黃
喚醒五臟六腑的一日天光

樹語

我常常觀察落葉形狀
渴望得知風的方向
自綠色迷霧中展開夢的滑翔
在清晨低空飛行

時間塵埃以不對稱性姿態降落我
腳踝、膝關節、唇線與雙肩，甚至
略略有褶的臉龐，借自然之手描繪
人類瞳孔裡有關我底深度。然我卻渴望
歷練久旱後一場風雨洗刷，再與
年輕自己毫不掩飾向著天空生長的飛揚張狂
素顏相見

絕版

那字跡，滿是步履顛簸揉合
少年的青澀與些微羞怯
語法粗糙含糊描述維特式的蒼白
憂鬱。也許強說愁也許隱晦
也許閱讀的人不曾了解
匿於文字身後的指涉，向她。

第一次擦肩的側面觸動
第一行詩的誕生

那是一首長詩，少年生平
首次創作，描寫她
如焰青春穿插間歇性的雨季
因為缺乏積極參與，寫實的命題
略顯艱澀，筆法於是漸轉向
少年偏愛的奇幻風

寫完夏季，進度被斷斷續續底
秋蟬鳴聲打擾。趁最後的落葉
染紅她雙頰之前，少年
摘了一片嬪婷背影繫在桌前燈檯
陪他經歷凍結距離的冬季
伴他與空白稿紙對視深邃思念底躁動

漫長冬日冰封了少年的勇氣
而她行走的緯度，季節如焰青春
如焰，早早自行轉折成另一首
綻放少女春意的命題詩

再次提筆，少年訝然這
鋪陳許久的長詩竟如此潦草
收尾完成最末那行目送
她的離去

屬於少年自己的整部青春史
徒留一份潦草手稿，寫實描述

苦澀的成長、奇幻的愛，以及
書寫的迷亂與寂寞。來不及出版
就已絕版

春光・乍洩

豐盛的才華像
過剩脂肪難以遮掩
總有顯露的一天

在此之前，小心被竊取
被切割如不肖商人將脂肪製成填充玩具
安置於空洞會場權充藝術門面甚或
萃取精華調配出熱門的金玉良言鑲嵌在無趣
唇邊偽裝成發自內心的肺腑之言
博得版面與收視率

才華像春光，小心洩底

罪行

我們在遊客如織的廣場談論
不可告人的過往，公然親吻愛
情的私處，公然地撫觸彼此
遮遮掩掩的傷口
如織的遊客迅速傳遞我們
所謂敗德的舉止言行在公開場合不斷
重播、複製、模仿
以自由之名以大眾知的權利
公然凌遲我們私密愛情的匿名社群
博覽群書蒐集各種條例註釋
以藝術之名張貼我們所謂的犯罪情節
檢察官決定起訴至高等法院，我們
聲請大法官釋憲：相濡以沫
如何侵犯人權？何以構成犯罪？
高等法院取消我們公然猥褻的罪名
換得捐贈一座交歡的戀人雕像在遊客
如織的廣場，提醒人們時時記得

以愛之姿
擁抱猥褻的罪行

寫你

左手的蹣跚姿勢
翻閱昨日
繪有你青春側臉的翦影那頁
紙張縱使泛黃
仍難掩你眼底笑意
透出那抹燦亮

如初春暖陽
紀錄愛情的最初輝煌
照亮我一生
幽微荒涼

鍾情

時間的井以空間掩護
在地底，悄悄醞釀深情
羞怯的苔不敢張揚
低調攀磚而上，在井口
張望深不可測的愛意

午夜小酒館

招牌霓虹閃爍華麗脆弱
蒸騰夜的氤氳，有人
在陰影角落啜飲濃烈爵士
小調。微醺。那名戴墨鏡的琴師
正彈奏刻意遺忘底過往，某個年代
與某人相依偎的主題曲
俐落手指在鍵上迅速書寫
歷歷昨日，其中不乏喜悅的裝飾音
但旋律多半以感傷為基底
而感傷，也是一種人生的另類詮釋

過去是未來的伏筆，引動回憶之潮
洶湧，在墨鏡隔離後的眼底，藉指間
溢出氾濫成災的相思。隔鄰有人
起身推門，走入沉沉子夜
徒留光陰洗過的滄桑背影與
未飲盡的酒，融冰后只剩一杯

寂寞特寫，恰似離去前眼角隱約的淚
琴師沉默依舊，唯不意激動底
琴聲洩漏壓抑心底問句：
莫非，你也曾為某人心碎？

夢在水鄉澤國裡徜徉

——贈尖蚪阿發與小嬉

水已經漫過警戒線，潮濕了
妳的簷廊，妳的地板，妳的夢想
而妳還在，守著寂寥的最新屋況，一下午
奮力刨著牛蒡絲順道耙梳分岔的
夢需不需要修剪？妳還在想——

春衫單薄秋衫涼，初秋種下的夢天生
體質蕭瑟不易生長，而妳還在
守著氾濫的藝術城牆不輕言撤防

水，已經漫過警戒線了
妳仍大膽地把夢送去遠方流浪

留我在二樓，靠窗
熱騰騰白米飯配上耙梳過的牛蒡
「先吃飯吧！」慣以這句開場白搭配

年輕聲線裡熨著母系溫度，妳
嫻熟靈魂和轆轆飢腸一樣需要餵養

飯後有人為我摘了窗，捻一盞小燈
照映我夾在詩集裡長年受潮的夢
夢，有時候不需要太亮
適度幽微的光才能映襯窗外
萬家燈火在洋上輕盈舞著點點漁唱

彼時妳已備好紙筆，容我蜷曲在
現實中奄奄一息的靈魂隨詩躍然伸展紙上
乘一葉摘下的窗為扁舟撐篙
以遠眺的目光為導航在霜降前
初秋的水鄉澤國裡順勢邀請明日
漂流木與蕭蕭落葉底集體逃亡
與未知夢境一同徜徉
手中的遠方

20101021寫于水漫寶藏巖的大雨夜晚

時間的情節

昨夜我們靜靜告別夢中
無人知曉的情節，回憶如霧
漫過傾圮底時間長廊，輕手躡足
沿過往線索拾階而下
單調底跫音裡依稀可聽聞
學院派古典韻腳踩踏出一曲
懷舊老唱盤優雅旋轉昔日風華

說好不談昨夜以前，我們
讀過的書還在架上緊密依偎
晝時人前緘默，夜裡紛紛甦醒
全然複製舊時閱讀作息：
挑燈，任一盞茶香瀰漫斗室
滲入書頁與我們酷愛爭辯的議題
以及那些堅持愛、真理與正義
必須並存的子句

文字果然是記憶的絕佳保存體
滲入紙張肌理的閱讀氣息即便事隔多年
再翻閱依舊瀰漫濃郁芬芳如老衣櫥
逸出的樟腦氣息迷濛成蘇格蘭高地晨曦
薄霧被時間稀釋往不確定的未來延伸

那閱讀的年代確實是極端的年代是趣味
橫生的年代也是凡事都不確定的年代
朗讀聲永遠比承諾堅定。寧願緊握
書本勝過與戀人十指緊扣——那些年
除了閱讀再沒有緊緊相依的藉口
文字砌成的象牙塔是你領我
瞭望理想國的唯一高度。同時高舉
天真底左派手勢嘲諷安逸者勾勒
急速右轉的康莊大道：一種
我們並不嚮往的平坦寬闊
「並不是居住左岸就得歸類為左派吧！」
書頁裡依稀傳來遙遠塞納河畔的訕笑：

「真正的厚度不是書頁堆疊而是你
無從知曉的流雲般輕盈呼吸，也是我
生命中不能承受之輕，」

而存在是否勝於愛情或虛無？
塞納河的哲人始終沉默以對，那無聲
延續至昨夜答案依舊成謎

時間利刃拆不開當年的緘默信籤
然我已無欲追尋那段失落的情節，畢竟
緊偎的書頁從來比我們更懂彼此信任並且
絕不輕易吐露隱藏的情意：
摯愛無言。
沉默是因為珍惜最初，儘管只在文字象牙塔頂
短暫並肩，瞬間熱情也能摺疊成永遠

永遠半成熟的當年，永遠無法逗留的當年
十指緊扣究竟代表什麼已不重要
重要是黃昏時重疊的身影曾代替我們飛

飛過象牙塔頂端，飛入雲中，躲避灼灼日光監視
在隱蔽處繾綣纏綿。緊偎的書頁比我們更懂
時間的情節裡隱藏以吻封緘的愛，無言的愛
比我們更懂品味悄悄滲入書頁塵封已久底
陳年春茶芬芳。而我們——

只能順著時間瀏覽昨日以前，用微笑
折出默契的信封，折入夢中無人知曉的情節
摘兩滴淚，用最後的心動封緘。從此
只剩架上書本依舊並肩，靜靜保留
相依偎的從前

葬

之一

道別那夜最好帶點微醺與
花香，讓叨叨語絮模糊戀人焦點
或偶爾夾雜歇後語
用笑聲烘暖可能氾濫的水氣也
烘出花香暖意揉入日後
回憶的離別場景不總是冰冷
夢也長年透著刺骨寒意

年少的愛
不宜葬在極地風雪裡

之二

年少的愛，回首已石化
在摩肩擦踵的鬧區
讓兇猛世紀迎面撞擊古老
遲緩的情意破碎裂解成

不合時宜的前朝貨幣
僅能換取兩枚當代眼神的同情
甚至兌現不了一次關懷擁抱

年少的愛人回首間已成化石
另一人邁開大步，向前。把過去
留在原地。將石化底愛人權充墓碑
棄置，也是一種埋葬。

過時

就是用這種姿態存在，我
像一幅過時窗框
眼角斑駁，瞳孔鏽蝕
擱淺在無人行經底迴廊。午后有光
傾斜成華爾滋的模樣
舞在我骨質疏鬆的肩上
努力維持優雅老去的社會形象

傍晚有雨，隨風滲入我胸膛
潤澤那沉睡已久的乾燥心跳
忽快忽慢的節奏揭開夢境帷幕
明天的注視交給公演下一場

掌聲，或者噓聲
都譜進消音底人生樂章
就是用這種風格繼續存在，我

也許過時
偶爾卑微
習慣逆光
從不怯場

小星星變奏曲

貓步般踏過
忐忑草原
黑色、白色
一點也不繽紛的
成人色譜

可腳步是輕盈的
童稚純真是琴聲裡底
珍貴資產

用貓步在琴鍵上
踩踏出
滿天星斗

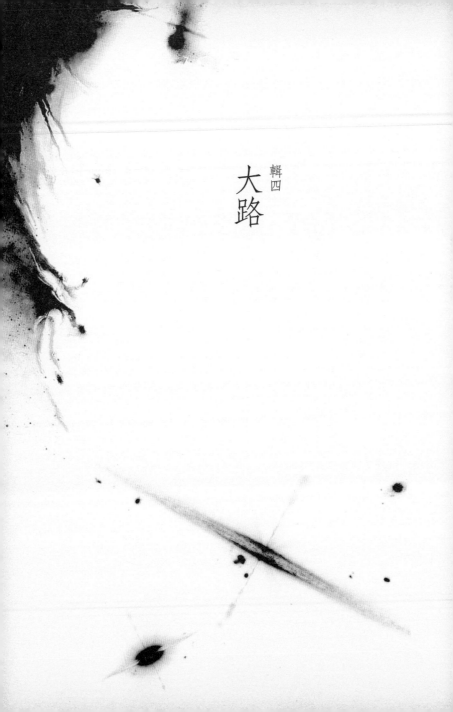

輯四

大路

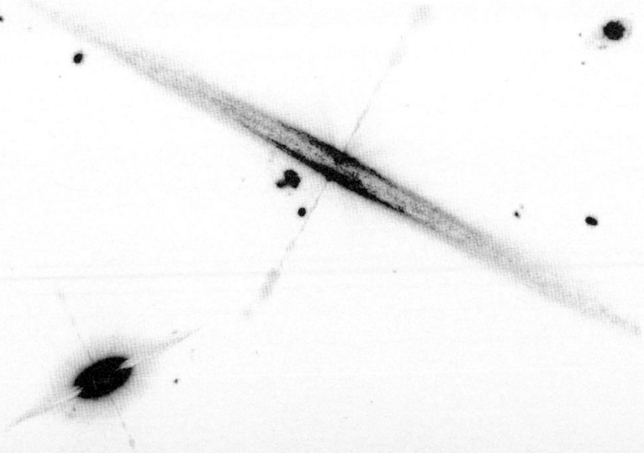

Intimacy

他，和她
也許與他，或她
居住相同門牌號碼相同樓層
相同巷弄的相同城市
攜帶同國籍證件
飛往不同景點卻仍運轉在
同一個星系

她他、他她、她她或他他
存在不同性別不同血型不同
年齡不同髮型不同膚色行走
在不同注視裡包覆著
同一種欲望

他披著她的喜好穿著他的外套讀著
她的歷史坐在他的隔壁。他們
也許是我們

如此靠近，如此遠離

我告訴過你

我告訴過你起風的時候我會離開
花謝的時候我會回來寫一首
流浪者之歌獻給摯愛我告訴過你
我對季節過敏對色彩著迷我告訴過你
自由縱使寂寞卻也過癮我告訴過你沒有
一個胸膛值得不計代價豢養我告訴過你
有一天當你轉身我會在原地目送
你跨出愛的疆域

那時你必已了解候鳥的遷徙是宿命
領悟愛情裡這些我曾告訴過你

引力

我是黑洞，你的眼睛卻
璨似流星擦亮午夜寂寞夢境
別愛我——陰暗充滿魅力
漩渦卻沒有心

大路

——致sy R

記華盛頓湖邊那段路

並非一種具體可丈量的
寬度，那小徑
從心底延伸至江湖路
偶有分歧哲學之道。然而
我們所追尋底遼闊
無關世界驀爾或廣袤
也可來自微心一方
井底天窗

我是

一陣輕煙
一片流雲
一抹殘陽下底
　　模糊身影

一個問句
一行衍生的副標題
一種隱晦底暗喻
一則消費新聞
一本缺乏情節的小說
一回開放性的結局

一顆不善變化的變化球
一次提早離壘回頭不及的刺殺
一棒觸擊短打
一場等不到逆轉的九局下

一段間奏
一首沒有旋律的歌詞
一節休止符
一頁亡佚的樂譜
一把只適合彈奏古調的老琴

一張過期車票
一條單行道
一趟未知的旅程
一只掏空記憶的背包

一朵雨天向日葵
一棵嚮往綠洲的仙人掌
一株不發芽的盆栽
　埋藏歲月底等待

一罐蒸發了氣泡的飲料
一盞隔夜茶
一杯初醒的酒

啜飲忽明忽滅的夜
在燈下
撰述微醺底自我

人生的＿＿練習

有一天，驚覺年老現身鏡中，聽覺似乎也
迅速撤退；僅存零散的視線對焦不易
臨睡前，跟未來借點光
吃力地閱讀幾封童年的來信，內容不外
數落我缺席的重要＿＿。
（課程／會勘／戰役／典禮／遊戲）

也是。這輩子，好像我
只認真參與過幾次不怎麼樣的＿＿，
（遊行／寫作課／約會／睡眠／戲劇／餐會／其他）
諸如此類可有可無但繁瑣的存在儀式
錯過或遺忘的還比及時趕上的多。

少了＿（你／妳／他／她／我），都
無所謂的時時刻刻，出席是為
填補座位空洞的滿場尷尬而說話純粹只因
必須塞滿冗長時間裡面面相覷底百無聊賴

然後有一天突然就這麼措手不及的老了。曾經
敏銳的視/嗅/聽/觸/味/感覺（可複選）
來不及派上用場早受太多的聚光燈太多
香水太多掌聲太多無力的握手太多甜膩的吻
紛紛折損

可惜青春太快——席，少壯又——席
只剩官能幾乎撤退殆盡底老年——席
（出/離/缺），幸好有童年來信提醒：
漫無章節的語句難成人生
還是需要文法，與一些寫作
——。

喜歡

喜歡迎風，
喜歡假想飛行天空。
喜歡深藍色，
喜歡海洋。
喜歡陳昇，
喜歡情歌讓人無能為力。
喜歡子夜，
喜歡李白與紅酒，
喜歡微醺。
喜歡森林，
喜歡散步時深呼吸。
喜歡詩的曖昧，
喜歡書寫之種種愉悅。
喜歡大提琴，
喜歡搖滾重金屬的狂亂，
喜歡無伴奏底耽溺。
喜歡黃昏的長廊，

喜歡冥想，
喜歡歷史的沉重與哲學的辨證，
喜歡雨季獨居。
喜歡曼特寧與薄荷煙交織的天氣。
狂戀巧克力。

想變成夏天裡的一隻魚，
可以在深深的藍色裡呼吸。

詩人

來不及寫下的
比信手拈來的多

刪掉的
比留下的多

冥想時
比清醒時候多

學校裡選不到的科系
職業欄裡沒有的選項

雨季專注聆聽穿林打葉
秋天靜靜細數翩躚落花

手無縛雞之力
除了握筆的片刻堅定

用文字向世界佈道
把宇宙納入寸紙間

愛情

壹

情人只嚐到濃烈甜味
智者卻透視潛伏危機
險惡程度遠勝馬戲團
高空踏索的戰戰兢兢

貳

我在你的沉睡中甦醒
望著昔日遠去的背影
任由回憶在皮膚表面
蔓延成一種絕望的癌

安息

我們跑著，追逐著
時間坐著，等待著
愛情倚著，打起盹

回憶冷眼旁觀
喃喃自語：
「愛情比人類更懂安息。」

馬戲團之夜

來吧！馬戲團的表演正要
開始高空懸著鋼索搖搖
垂墜簾幕後正在為眼角妝
飾一顆逼真淚珠的
小丑渴望底飛翔之歌
總是忙於以苦澀取悅群眾，無暇
分辨空中輕盈飛翔其實
繫於一縷薄弱謊言底華麗舞姿
旋轉、跳躍、凌空懾人的炫技
縱身：一種絕對的冒險舞步

還有什麼是沒看過的表演？
揮舞紅帽的女孩妳說——什麼？
有沒有安全演出？——不危及性命的？
票亭職員難道沒告訴妳，這張票
販售對象是那些冷漠無感貪戀
刺激的芸芸眾生渴望瞬間激情

至於妳期待的寧靜，要不要考慮柵外
路口轉角那座有口大鐘的老教堂？
那裡全年無休，免費提供
百年以上的悠久寧靜

來吧！今夜讓我們向馴獸師學習
嶄新舞技——以挑釁手勢彎腰
把筆直脊椎曲成不可思議的四十五度
但頸子仍要打直，眼神炯炯配合
輕浮腳步試探獸性的死亡極限或者
人類安全感底線

這苦澀的假面喜劇夾雜隱隱
暴動的心跳坐立難安
一口咬盡雙層滋味，辛辣口感
直衝腦門刺激神經末梢迅速迸發
如燦爛煙火挑釁長期安逸的夜空，這
高潮迭起的馬戲團之夜莫不是眾生
極力追求底人生滋味？

我來自冥王星

我來自冥王星
人類科技探索浩瀚銀河中
最遙不可及底
邊緣地帶

我來自冥王星
那黝暗深沉底宇宙終極
薄弱的存在感
甚至被排除行星定義

我來自冥王星
被命名底那刻起
註定扮演
與死亡畫上等號的代言

我來自冥王星
長年安於荒蕪寂靜

太過喧囂底星球躍動
不適合蟄居的怕生體質

我來自冥王星
有一雙習慣凝視深邃如夜的眼睛
與你長年閃耀灼熱深情底目光
恰好形成太陽系兩極的
強烈對比

語川

能不能讓此刻暫停
讓時間
凝結你話語，一句句
抽長
蜿蜒如川
匯聚成胸懷浩瀚

許我乘停頓逗點
如一方扁舟
翩然航向你學識汪洋
悠悠晃晃
自在徜徉

眼眸深處

隱藏了許多傳說記載在古老羊皮卷上
以一種曾經盛行卻即將亡佚的文字
智者提醒切莫揭開那禁忌，然我抑不住
熾熱的冒險之心大膽觸動那扉頁直視你底曾經

年輕考古者不諳深沉方言，解不出你
雙眼隱藏諱深莫測底歷史，只能隻手拓印那
比楔形文字更久更遠的文明遺址在掌心
成一份古老的幽微情意
等你握緊

水手之歌

有些時候我渴望成為一座島
在汪洋中，孤獨而完整地
占據整個星球無邊無際的深邃憂鬱
我將不公開航線，除了向你
而如果你決定不靠岸
就讓我乏人問津，獨自美麗。因為
這座島，我只打算用來孕育
哲學式的飄浮相對於一座星球的擁擠
是何等多餘的必需品

某些夜晚我想要成為一首詩
用許多平日罕見的字
技巧性地，夾帶一些詰屈聱牙
難以朗讀的韻腳
通過這些瘖瘂難解的聲線
藏匿對你的誓言

當你抬頭，我便閃耀成一顆星
泛著遙遠的光
逼仄向你，急速墜落
在緩緩升起那面歸航的旗

幸福

像風中落葉
旋轉、旋轉、旋轉
不由自主身陷
甜蜜的暈眩

繁花

你敞開胸膛
我在其中
綻放成一座花園

送行

所以你來，帶著一些三月的惆悵
經過穿堂前拍落上一季瑣碎落葉與
未解愁緒幾許，在迎風露台
種幾株新抽春芽，像春天在我居所
勾勒的毛邊；那是種幸福隱喻
你說。雖然終必凋零
至少我們仍擁有生死間短暫底
溫存與對話

「每一次，都像最後一次。」
承諾於你我，從來不是開始，而是
當下的瞬間生死

三月的最尾聲，驚蟄已過
不再有任何大事件，包括愛情
能驚醒冬眠的雨潤澤饑渴已久底
春天背影像你的背影，溫柔而模糊

在逐漸遠行的路上曳成一道歲月
淡淡爬行過的記憶毛邊
留給遺忘一點證據

如願

願沉默是金
承諾是銀
我們愛戀與爭執的話語
如廢棄的破銅爛鐵
被回收再製成有益人群的物品
然後遺忘我們如蜉蝣
曾寄生於天地
曾愛戀相擁而後
怨懟背棄復相濡以沫
種種建造與修復彼此生命的過程
繾綣、纏綿、刻骨銘心之行止業已
蛻成書頁裡靜止的名詞

愛與恨是對仗，相遇與別離也是
平平仄仄平平仄
仄仄平平仄仄平
工整的格律如何能詮釋你脈息

鏤印在我眼裡彷彿霧中遠去的風景
最終也只剩過程本身得以
完滿修練成歷史
此外無它

惟歲月靜好，世事
沉默是金

此生許得
乘願而來
化詩歸去

伊甸園

「想成為妳的肋骨，」
你說。

「為什麼？」
我疑惑著。

「因為不能佔有。」
「所以？」
「只好成為妳的體系。」

雖然是渺小的存在
但卻必要。而且，那裡很
靠近妳的心。
這樣我就能緊緊
跟著呼吸起伏
隨時感應

「妳受傷，我也會
隱隱作痛。」

化詩

那些說不出的
嘆息與愛意
埋進時間
作繭自縛
靜待熟成，破蛹
羽化
成詩

身後

我不在意談論死亡
它蘊含某種能量
提醒人們專注品味存在
如同品味美食般虔敬

我不在乎書寫是否成經典
至少不在乎文字
終有灰飛煙滅的一天
名氣是華麗的煙火幻覺
引人耽溺卻無法永遠
更遑論多數經典在生前
皆是窮困潦倒的誤解

我不期待傳世，縱使屬於我的時間簡史
由兩條載滿歷史的單薄血脈匯流成
卻沒有存亡絕續的危機感
如果血脈到此為止，我希望

不要驚動任何人，打探生前多餘的事
如果死亡有甚麼可稱得幸福
也許就是能被靜靜地遺忘

所以得專心存在現在
無需向陌生人詮釋來自何方
依原樣自在活著
初心不忘

若我化作一盞燈，盼為你點在簷下
成為返家路上的眺望
如果在冬夜，可以化為偎著你的暖陽

當我熄滅時，請不要悲傷
何妨在黑暗中稍坐片刻，靜靜回想
過去的快樂是我們行過夜裡的璀燦星光

這一生長長的書寫，不為經典

結束前輕輕的落款，毋需傳世
寧靜致遠，做自己人生的無冕王
沒有欲望的告別式
我只需要百合的清爽

特別收錄

獨上北樓

——詩三首寄臺北名俠

霍建強

其一

獨上北樓數寒星，遙觀南天長白雲。
回首滄桑五百歲，故鄉月照他鄉明。
九十英里無歧路，八千蜀道共沾巾。
借問桃源今何在，閑雲有意水無心。

其二

相識何必曾相逢，高粱酒鬼異曲工。
兩岸三地無窮碧，一樣秋來一樣冬。
南國有草好放羊，風光不與四時同。
記得胡家有暖房，香茶一盞舞東風。

其三

女子不必論中年，半畝方塘可耕田。
境由心生寫氣象，臺北依然好人間。
夜奔東西寒徹骨，魔戒南北暖新篇。
名山不必在荒島，俠膽一身玉生煙。

2001

詩二首：仿義山，心火

霍建強

其一．仿義山

高閣客去客又回，小園花開花亂飛。
參差 OE 連大陸，迢遞臺北送斜暉。
殘花未掃留寶黛，整雞有烤待客催。
芳心向春春不盡，所得沾衣熏香妃。

其二．心火

向晚天不寐，心火借餘暉。
明爐烤新我，俠膽意相隨。
入地紮舊根，上天吐新蕊。
一夜東風暖，滿園多一味。

2002

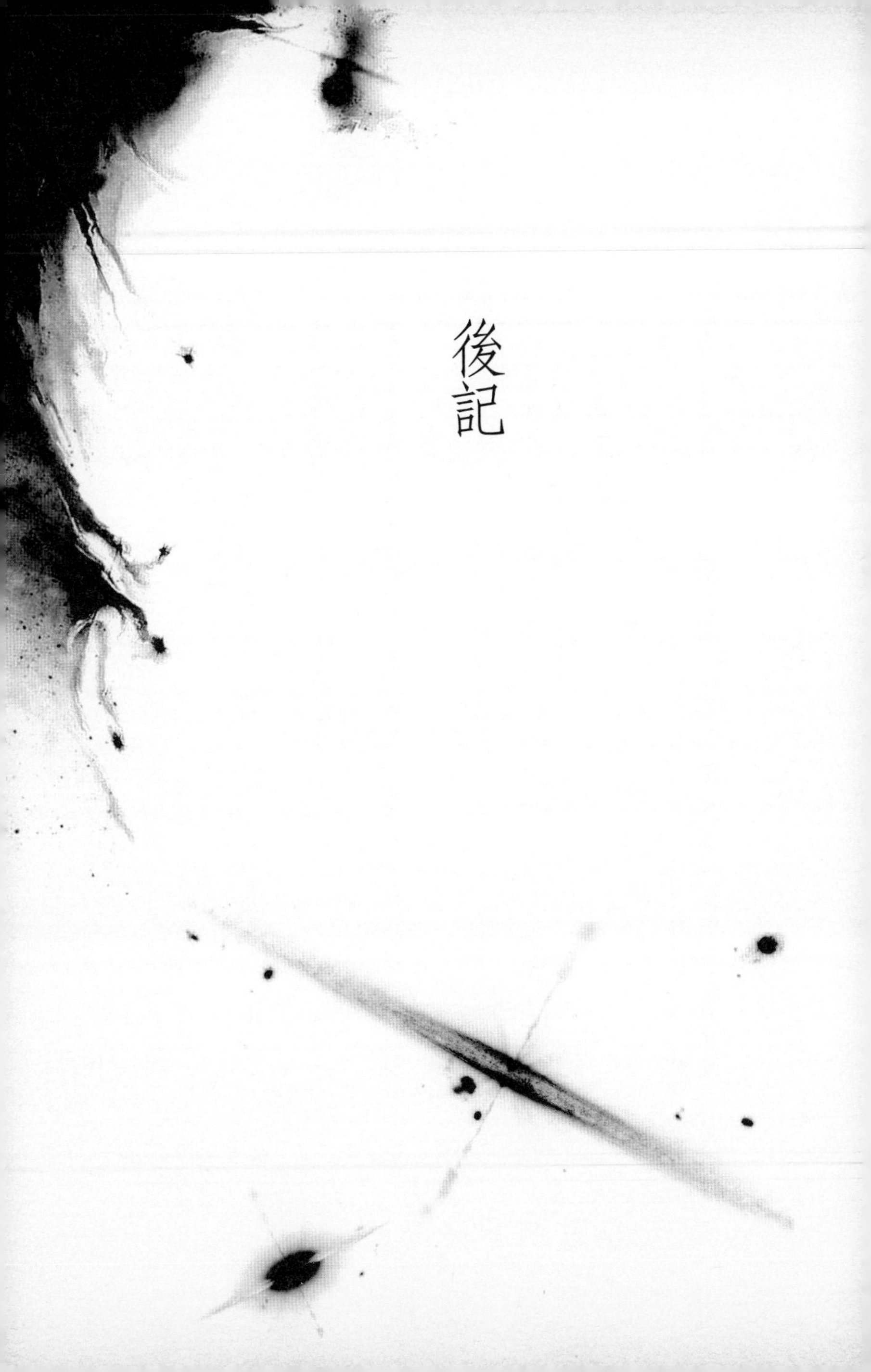

後記

整理舊作的過程，彷彿重見睽違已久的你。
來自億萬光年外的古老星球。笨拙、樸素、略帶青澀的笑顏，手裡捧著滿滿對世界毫無保留的相信。
認真地用一支筆素描世界與愛情的原型，而後藏在心的抽屜。

曾以為這些字句，會就此隱藏一輩子。
如同那些匿身其後的情意。
直到再遇，彷彿一種召喚，慣於隱蔽獨居的字句遇見自身渴望的愛情，有了應世的勇氣。

也好。
生命總要找到各自真實的樣子，承諾才能給的安定踏實。
否則，無人知曉是最好的應對方式。
大隱隱於市。

謝謝你從遙遠星球前來參與我的生命。用存在，印證了單純與美好這些老掉牙的字。縱使我們對世界抱持不同觀點，你的寬容與開闊，始終是我最好的練習。

這些年，留下這些詩，用希望織成耀眼星圖，迷航時，讓我找到人生位置。

如果有人問起詩為何，你要我如此回應：
詩無欲。
留得初心，所以美麗。

壬辰年季秋　于寶藏巖

我來自冥王星

作者　王明霞
美術設計　阿發小姐
出版者　王明霞
發行協力　行人文化實驗室
印刷　崎威彩藝
定價　NT 260元
初版一刷　2013年2月
地址　台北市汀洲路三段230巷51弄13號
電話　02-23645313
ISBN　978-957-41-9864-1